나는 둥근 하루의 서쪽에 있다

리토피아포에지 · 108
나는 둥근 하루의 서쪽에 있다

인쇄 2020. 9. 20 발행 2020. 9. 25
지은이 이이현 펴낸이 정기옥
펴낸곳 리토피아
출판등록 2006. 6. 15. 제2006-12호
주소 22162 인천 미추홀구 경인로 77
전화 032-883-5356 전송032-891-5356
홈페이지 www.litopia21.com 전자우편 litopia@hanmail.net

ISBN-978-89-6412-135-1 03810

값 9,000원

이 도서의 국립중앙도서관 출판예정도서목록(CIP)은 서지정보유통지원시스템 홈페이지(http://seoji.nl.go.kr)와 국가자료종합목록 구축시스템(http://kolis-net.nl.go.kr)에서 이용하실 수 있습니다. (CIP제어번호 : CIP2020038801)

이이현 시집

나는 둥근 하루의 서쪽에 있다

리토피아
LITERATURE & UTOPIA

시인의 말

오래전,
나는 제주바람에게 들른 적 있었다.
지금은 그 바람이 집이고 고향이려니,
애인이고 시려니, 하며 살고 있다.
사실 그 바람은 잠시도 멈추지 않는
고장 난 바람이다.
느즈막이 나는 그 바람의 서랍을 연다.
눈감고도 쉽게 잡혀 오는 시간은
어둠 속에서 가장 투명하다.
장롱보다는 서랍이 빨리 꺼내진다.
어쩐지 장롱은 한철이 지날 것 같다.
이제 서랍 속에 자판을 두지 말고
볼펜을 두어야겠다.

2020년 8월
이이현

차례

제1부

제2부

제3부

제4부

| 제1부 |

풍경

한 사람은
바다를 바라보는 쪽으로 앉아 있고
한 사람은
바다를 듣는 쪽으로 앉아 있다

듣는 걸 보고
보는 걸 듣는

말보다
더 마주한 시간

지척을
건너는 일
저리
깊으다

봄날은 간다

백 년의 시간에 도착한
폐가 한 채
퐁. 퐁. 퐁
망초꽃으로 환생하고
좌탈입망座脫立亡이다

툇마루 한 발 올라서면
와르르 내려앉아 버릴 것 같아
마루 밑 봄볕이
간신히 떠받들고 있다
낮달을 조등으로 내다 거느라
감나무는 팔이 아프고
문상 온 밥티꽃 일행이
서성이는 마당 귀퉁과 처마 사이는
수의를 짓느라 혼신의 실을 뽑는
거미의 손이 또 바쁘다

시인의 집

조천에 가면
꼬막지붕마을
골목을 비집고 들어앉은
시인의 카페가 있어요
드르륵 바람을 열고 들어가면
벽에는 천 권의 파도가 꽂혀 있고
통창으로는 바다가 먼저 들어와 앉아
날마다 시를 써요 아니 지워요
나는 한 권의 파도를 뽑아 읽어요
손가락에 입술을 묻혀가면서,
시 잘 쓰는 법을 바다에게 물으며
까치발을 한 모카콩고 향이 천장에 가 닿는
정겨운 꼬막집 카페에 앉아 있죠
목숨을 걸 각오로 시를 써 봐요
일침을 놓아주는 시인의 카페에서
나는 왜 일몰처럼 붉어지는 걸까요

오조리 사랑

아침해가 뚜껑을 여는 곳에서 시작되죠
이 마을은
이 마을은
일출봉도 식산봉도 다 들어가는
커다란 물 항아리 등에 지고 살죠
끼룩끼룩탈탈탈찹찹찹웅웅맹꽁맹꽁악당악당
수많은 물벌레 풀벌레 떼창을
귀에 달고 살죠
뚜껑 열린 항아리 속을
해종일 훔쳐보는 늙은 백로를
마을은 뻔히 보고도
먼 산 보듯 하죠
그런 마을이 건달처럼 휘파람을 불며
갈대숲 옆에서 한 번쯤 나랑 살자고 하면
나는 망설이지 않고 '콜' 할래요

하늘이 너무 파래요

"어머니, 하늘이 너무 파래요"

순심이가 시어머니랑 과수원에 검질을 매다가
딴짓 한 번 안 하고 호미질을 하다가
뻥아기 물 한 모금 먹고 하늘 한 번 보듯
어쩌다 올려다 본 하늘이
남실남실 환장하게 波래서
궁둥이가 들—썩 들려버릴 것 같아서 그만
삶의 무게를 땅바닥에 털썩! 눌러 앉혀 놓고
소리만 쳤더래요
그 소리가
시어머니 귓등을 지나서 밭담을 타고
둥둥 바람에 실려 가더래요

봄비 소리

지글지글칙칙
싸아아차르르탁탁
불이 좀 쎄다 싶지만
암만 들어도 맛있는 소리다
창자를 간지럽히는 소리다
아마도 고향산이 진달래전 부치나보다
갓골 산비탈이 달래전 부치나보다
아니 어쩌면
먼 옛날에서 우리 어머니
솥* 비어다가 어린호박 뚝뚝 썰어
곤로 위에서
전 부치시는 소리시다

어느 모로 와도
봄비는 귀가 맨 먼저 젖어온다
저 거친 바람과 비에
애꿎은 벚꽃들만 곤두박질치는 날
우리 어머니 같으면

"아야, 다 타불겄다 불 쫌 쭐여라이"
하실 것 같은 봄 빗소리

* 남도사람은 부추를 '솔'이라 한다.

자벌레 선생과 낙선동 여자

사는 일이
맞지 않는 옷처럼 답답할 때
성판악에 가면
느린 자벌레 선생을 만나죠
어쩌다 인연일 테지만
내 바지 길이를 한 뼘 두 뼘 재는
움직임을 내려다보면
삐뚤삐뚤 따라가다 보면
서두르는 법 없이
가장 낮은 곳에 이르러서야
비로소 직선으로만 내달린
나의 망가진 길이 보여요
좀 오래 걸리더라도
비가 그칠 때까지
성급하고 찌그러진 나를 잠시 앉혀놔요
사실은 성판악이나 사라악 나무들의 높낮이도
다 자벌레 선생이 한 자 두 자 지어 준
초록색 옷일 거예요

〉

그런데 낙선동에는 자벌레 선생처럼
한 자 두 자 자도 안 대고 대충 가위질해서
뚝딱 벙거지를 만들어 쓰고
꽃무늬 커튼을 걸고 커튼 사이로
곶자왈을 아껴보는 여자가 살고도 있죠

오른쪽이 옳은 쪽인

술잔의 눈금이 오르면
모자의 채양이
오른쪽으로 삐딱해지는 사람 있다
그건 거짓의 반대쪽으로 술잔을
기울였기 때문이다

바닷길을 걷고 나올 때
출렁이는 어깨가
오른쪽으로 십오 도 기울어진 사람 있다
그건 생의 아픔을
오른쪽으로만 지고 다녔기 때문이다

거짓과 진실이 반반인 세상
어느 저녁에 몇몇이 앉아
거짓 없는 술을 마시고, 고래고래
최백호의 낭만…을 외치다가
십오 도 기울어져 버린 밤
그는 먼 데 산이다

그것은 영혼이 헤진 이들이
그의 등에 와서 기대기 때문이다

알리바이 수선 가게

공원 입구 나무 아래
천장이 이마에 닿는 구둣방
사내의 손이, 닳아진 신발의 뒷굽과
헤벌쭉한 내 구두의 앞부리를 족친다
허벅지에 가죽천을 걸치고 앉은
구부정한 등 뒤로 저녁달도 함께 휘어 있다
나는 기다리는 쪽보다 지켜보는 쪽이 맞았다
어디를 다녀오고 누구를 만나
사랑하고 이별하고 때로는 비굴하게 굽신거린
발자국 알리바이를 가장 잘 읽는 놈은 신발이니까
신발은 공원 벤치 할망들처럼
자신이 살아온 길을 밑바닥부터 지껄여버리니까
아랫입술이 늘 먼저 닳는다
나는 사내의 노련한 손을 빌려
신발의 입을 틀어막는다
사포질과 무두질이 끝나 본드를 붙이고
탕탕 못을 박아버린다
셧 업 마우스

뽀대 좋게 걸어 나오지만
걸음걸이가 약간은 어색하다
그래도 금세 행로를 재탐색하는 신발에게
친절한 가로등이 얼른 눈을 떠 주고
반달도 뒷굽으로 따라오는 초저녁이다

몽유夢遊

밤이면 몽유병자처럼 쏘다니는
귤꽃 향기 때문이라고 해두자
밤새 기침을 하다 잠이 들었을까
길을 잘못 들어
중산간 무꽃 피는 마을이었다
둥근달이 내 아픈 기침에다
노란 금속성 청진기를 들이댔다
툴툴거리며 헛도는 내 심장을
꼼꼼히 체크하고 갔다
바람이 서쪽 방풍림에 삐딱하게 걸리는 순간이었던가
심장은 가끔 제 사랑을 들켜버리고 싶어서
더 크게 두근거리는 거라고 해두자
무꽃 하늘거리는 침대에 나는 누워 있고
벌들이 윙윙 꽃들의 배꼽에 침을 놓고 있었다
아! 꽃도 아프구나
너무 아파, 아파서 꽃이 된 슬픔들
자지러들면서 하늘이 빼꼼 열렸다 닫힌
그 날이었을 거다

나는 다시 꽃향기 때문에 둥실 깨어나서
물 한 모금과 달빛이 처방한 별사탕 몇 개를 복용했다
그리고 다시 누웠다 깨어난 날
무꽃, 몽유처럼 희죽거리는 중산간 마을이었다고
끝까지 우기기로 한다

짝

용눈이 오름
바람과 억새가
외롭다고
서로의 잔등을 비벼댄다

물매화 한 송이
외로워서
한 송이 더 피고 있다

저승에서 또 어디로
행선지를 옮겼는지
파헤쳐진 무덤 둘
얼마나 외로웠으면
주검도 손잡고
나왔으리

응애응애
내가

세상에 나올 때
울고 나온 것은
혼자여서다

바보들

세상에게 밟히고
마음 퉁퉁 부어 가는 길
S자로 바싹 말라붙은 지렁이
내려다보니 일생을 온몸으로 쓰는 수성펜이었다
세상 옳고 그른 이유를 수없이 쓰고 지우다가
결국은 너도 밟혔냐?
'S'(예스)
잉크가 마를 때까지
몸부림으로 쓴 대답이었다

그래도 찍소리도 못하고 사는
나보단 덜 납작하다
꿈틀했으니까

곤을동 · 1

그 올레
그 마당
유채꽃은
키가 아주 작다
오래전 고막을 뚫어버린
총성의 아픈 기억에
돌담 위로
목을 함부로 빼지 못하고 피었던
그 트라우마로
무너진 담보다도
키가 1센치 더 작다
그래서 날마다
앞바다 잔물결이
담장 안을
들여다보고 갈 정도다

곤을동 · 2

저기요,
민들레 홀씨!
피어도 하필
이 외진
돌무덤이오?

탯자리니까
죽어도 여기서 죽고
훅- 불려나도
여기서 불려나야지요

왜 한꺼번에
모다들어 피었오?
한 방에 죽었으니까
한 방에 피는 거지요

많이 아팠지 예?
호오— 숨비소리로

불어주자
바람에 가 묻히는
흰 뼈들

아름다운 소문

그 절에서는
삶이 간절한 보살이 꼭두새벽
하루도 빠지지 않고
관세음보살과
눈 맞았다 카더라

木漁는
하루도 빠지지 않고
물의 기억을 지우는데
천 년이 걸렸다 카더라

범종은
하루도 빠지지 않고
새벽 네 시에 엎드려
악업 중생의 매를
대신 맞고 있다 카더라

종각 앞

가막살나무가
하루도 빠지지 않고
다 보고
다 들었다 카더라

솜사탕 할아버지는 서쪽 마녀

설탕 반 숟가락과 나무젓가락만으로
뭉게뭉게 하얀 실구름을 뽑아내는
솜사탕 할아버지
꼬마 공주를 기다리며
해질녘까지 물레를 돌린다
종일 감고 감으면 천 번째 오는 세상은
솜사탕처럼 달콤하리라
엄지에 침 발라 코 묻은 돈을 센다
공원 한복판
돌려도 돌려도 물레에 손가락 찔리지 않는
알량한 공주님들이 엄마를 따라
뉘엿뉘엿 공원을 빠져나가고
물레에 찔린 건 노을뿐이다
어둑어둑 마녀가
설탕 같은 별을 뿌리기 전
똥 마려운 강아지처럼 달려가는
할아버지의 고물 오토바이
방귀 냄새 한 번 매캐하다

혼자서 술을 권하는 시간

우리라는 둘이 서툴 때
나는 나랑
바다나 간다

물 빠진 포구에는
때를 잘 아는
왜가리 한 마리
기다란 젓가락으로
해초며 말똥게 보말을
집어 먹고 있다

이런 날은
한라산 한 병 들고
안주만 집어 먹는
왜가리에게 가서
합석이나 하자고 해볼까!

시간은 뜻밖에 온다

어느새 벌써, 단풍이
뜰에 도착했다고
뚜르르뚜르르뚜르르뚜르르
귀뚜라미한테
밤새 전화가 온다
내 잠은 설고
달은 잘 익어
분명 구월도 빠르게 간다는
내용 같아서 그만
베개 밑에
귀를 묻어버렸다

다음날
고산동산 골방 방장이 떠났다고
그 아들에게서 문자가 왔다

故 어느 날

가슴에 돌 하나 늘 얹고 살다가
가슴에 겨자씨만 한 사랑 하나
묻을 곳 없이 단단하다가
너희가 슬픔의 깊이를 알기나 하느냐
슬픔의 기쁨을 또한 알기나 하냐고
깝죽대지 말라 하더니
10월 어느 저녁 날에
허공에서 문자가 왔는데
'죄송합니다 저는 아무개의 아들
아무개입니다 저희 아버님이 돌아가셨습니다'
가슴에 얹힌 돌멩이 하나 툭! 떨어지는 소리가
들렸습니다

계절은 항상 일방적이다

찰칵!
꽃의 표정만 담았는데
동박새 놀란 가슴이 핫 날아가고
가지가 철렁 내려앉았습니다.
사랑을 들켜 빨이 붉은 숲입니다
산벚과 팔짱을 끼고
포즈만 잡았는데
노루의 놀란 궁둥이가
숲을 한 번 흔들어줍니다
그 바람에 벚꽃들이 일제히
재채기를 합니다
재채기는 '사랑'의 다른 이름입니다

손을 내밀기도 전에
혼자서 피었다 져버린
당신입니다

| 제2부 |

다 그 무엇이었다

세상에 버릴 것 하나 없다고
가난도 안 버린 우리 어머니
금이 간 시루 하나도 안 버리시고
철삿줄로 동여매어
칠월이면 채송화 한 시루
펄펄 쪄 내놓으시던
그런 분이 내 어머니시다
아니 우리나라 어머니는 거의 다 그러신다
밤하늘에 뜨는 건 다 별이고
세상천지 피는 건 다 꽃이듯
배앓이를 달고 자랐던
나도 그 무엇이어서
다리 밑에 다시 갖다 버리지 않고
잘 키워주셨다

바지랑대

어머니는 파란 하늘에
낚싯대 걸쳐놓고
콩 타작하다가
잠자리 놓아 주고
깻단 털다가
낮달 놓아 주고
하늘 한 번 올려다볼 틈 없이
일만 일만 하시다가
生을 놓아주고

지금 은행나무집 가을은
그 때 놓아 준
그 달과 잠자리가
은혜로이 잘 살피고 있다

아주 수줍은 생각

구도심 골목
'샛별의상실' 처마 양 끝에
끈 떨어진 브래지어처럼
제비집 두 개가 걸렸어요
지나가던 반달이 이리저리 맞춰보더니
안 맞으니까 그냥 두고 가 버린
그런 빈집이었죠
언니의 브래지어를 가슴에 대보다가
괜시리 얼굴이 빨개져서 이불 속으로 숨었던
중1 때가 있었죠

쉿! 이것은 서랍 속 비밀이에요

오래된 독백

'너 좋아했다'라는 오래 되어서 좀 딱딱한
과거동사가 하나 있었지
내숭 떨 나이는 지났지만 말꼬리는 살짝 흘려도 좋을 거야
그래야 고백은 아슬아슬해지지
두꺼운 낯가죽은 부패하지도 않아
술잔의 수위만큼 줄어가는 시간 속에
망설임이란 차마 버리지 못하는 것들에 대한 장애물이지
게걸스럽게 뜯고 있는 갈빗살도 자꾸만
이 사이에 끼어 뱉어 버리고 싶은 불혹이었지
하지만 버릴수록 튼튼히 자라는 나이
잊었던 이름 하나 입에 꾹 물고
나는 달콤한 자백을 하기로 맘을 굳혔어
일상의 쓴맛 단맛들을 다셔본 친구들이
소주잔으로 말끔하게 입안을 헹궈내던
어느 뒷골목 갈비집이었지
깔끔하게 발라먹은 우리들의 시간
좀 오래 끓었어 고백은 익혀야 맛인 줄 알고
그러나 익을수록 싱거워지는 것

오래 끌수록 상하기 쉬운 것은 고백이었어
나는 비장의 품사 하나 가만히 의자 밑으로 부어버렸어
찰랑찰랑 수위를 높이는 어둠이 막국수로 끝나가는 밤!
(좋—아—했—다)
나이가 지긋해지면 아껴야 할 말이 있다
상처 될 말들만 입을 다무는 건 아니니까
발설하지 않은 오래된 독백 하나
(괄호 안이 편하다)

홀로 서는 별

외롭지 않는 법을 익히기 위해서는
철저히 혼자여야 한다고 노래하더니
어느 날은 홀연히
이불 한 장 냄비 하나 꾸리고
'나, 간다'는 문자가 비에 젖어왔다
나는 네가
흔들리지 않는 법을 익히기 위해
바람을 떠나는 나무 같다고 생각했다
카페리를 타고 간 너는
은비늘 튀는 섬진강 하류나
보성지나 벌교 어느 국도 갓길 아니면
해남군 삼산면 해창 들녘에서
노을을 깔고 앉아
배고픈 짐승으로 라면이나 끓이겠지
그러다 칠흑 같은 어둠이 찾아오면
외로울 대로 외로워져서
허기진 마음인들 못 끓이겠냐
끓여야 외로움도 익히고 익어야

고독도 말랑말랑해지지

나는 심심하면 문자를 보내
껴입은 어둠의 두께와
거기 별의 안부를 묻곤 하였는데
며칠 만에서야 답이 왔다
온몸에 별이 박혀 따가워 죽겠다

2월 21일

둥근 능수매 꽃양산 쓰고
막 파놓은
구덩이에 들어앉은
히아신스 둥근 엉덩이들

꽃을 심다가 둥글어진
수월심 엉덩이

녹슨 수련잎에 앉은
낮달의 둥근 엉덩이

살 속에 살이란 살
빛 속에 빛이란 빛
다 쏟아 부어주고
서산마루에 들어앉은
해님의 둥근 엉덩이

오늘 나는

둥근 하루의

서쪽에 있다

자살바위

낙하지점을 살피는 부리와
생각을 지탱하고 서 있는
물새의 파뿌리 같은 다리가
차라리 바위에 뿌리라도 내린다면 좋겠다는
설마가 나를 붙잡는다
늘 위험하게 봄이 오가는 벼랑 아래다
오늘은 물새의 생각은 깊고
물결의 생각은 평평하다
바람이 잠잠하여
좀처럼 열리지 않는 수문 위로
큰 바위 하나가 늘
꾸짖어 온 말씀 하나 있었는데…
'세 번만 생각하세요'
지금은 바위의 말씀 사라진 지 오래고
이제는 아무 일도 일어나지 않아
기억에도 없다는 듯 사람들은
시계바늘처럼
폴짝폴짝 잘도 돈다

뿔 난 가을

산 아래
울타리에는
햇볕에 그을린 까만 염소들
콩깍지 속 콩처럼
튄다 이리저리
콩콩
멧새에 닿으려고
싸리꽃에 닿으려고

나의 가을도
하늘가에 가 닿고 싶은데
그대 안으로 튀고 싶은데
내 무게로 새가 못되고
내 어둠으로 꽃이 못 되어
괜히 뿔만 여무는
그런 가을이다

처음으로 아버지가 어머니 말 들은 날

어머니 생전 원이다고 해서

아버지가 산자락을 끌고
마을이 배경인 산 앞자락으로
이사를 오시는 날입니다
일가친척들 오르내리는 다랑길 위로
당산 골짝 골짜기가 인사 차
진달래꽃 화환을 보내오고
개구리 사중창이 열린 논다랑에
햇구름들 퐁당퐁당 빠지는 날입니다
붉고 부드러운 황토 위에
하. 하. 하
가지런히 누워계시는 아버지를 내려다보시고
어머니, 이제 두 번 헤어져도 서럽지 않다고…
걸음걸음 내려가는 가느다란 발목이
하얀 삐비꽃 같습니다

아무래도 고맙고 미안한지 아버지는

자운영 꽃등을 들고

당산 끝자락까지 배웅해 주셨습니다

이묘移墓

지나갈 때마다
햇빛이 소복한 봉분이었는데
며칠 후 와보니
파헤쳐져 있다
멀리 등대가 지켜주고
물결이 평평한 여기보다
더 좋은 수평선 있었을까
흔적이라고는
이슬과 안개
시퍼런 삽날이 묻은
검붉은 흙의 모서리들만
아침 햇살에 흠칫 놀라고 있다

햇볕 좋은 저승이 어디 있겠는가
덮이면 다 깜깜한 예토
모두는 빠짐없이 가야 하는
저 빈자리에 바싹 붙어 핀
씀바귀, 쑥부쟁이

이승이 더 좋아 좋아
무덤 안에 피지 않고
무덤 밖에 피어 있다

개구쟁이 풍선

뽀롱뽀롱 뽀로로롱
아이 손을 놔 버린
뽀로로 풍선이
적단풍나무에 걸릴까 말까 하더니
하늘로 줄행랑이다

닭 쫓던 개 지붕 쳐다보듯
어쩔 줄 모르는
아이의 손이
허공의 텅 빈 표정만 만지다
우는 눈가에 단풍잎처럼 붙어 있다
발을 동동거릴수록
신나서 하늘로 도망가는 풍선
'아이야 너의 손은
까짓 풍선이 아닌
커다란 우주를 만지고 있단다'
그 소리 나만 듣는
아이의 울음이 축제인

어떤 오후
신도 달래지 못하는
눈물 그렁그렁한
적단풍나무 아래가 있다

폭설

산사에 눈발은
지우는 것이 일이어서
연못과 가막살나무를 지우고
마당과 불이문도 지웠습니다
만남도 이별도 지우고
길도 지우고 마을도 지워버려
나도 지워질까 부지런히 털고
내려오는데 갈참나무에
까마귀는 끝내 못 지우고
둘이서
까맣고 하얗게
펄
펄
서성이는 저녁때입니다

던킨 도넛츠

다섯, 일곱 살
다문화가정 꼬마들
동그랗게 구멍 뚫린 달을
손가락에 걸어놓고
'야 너 먼저 먹어'
'형아 너는 왜 안 먹는데?'
'너 먹고 나면 먹을 거야'

자린고비가 걸어두고 보는
굴비 같은 달
손가락에 걸어 두고
아끼며 보는 달
너무 달달해서
목구멍으로 지지 못하는
달

자동차를 나무에 걸어두고 싶다

랄랄라 즐거운 쇼핑을 위해 나온 시내
좁은 골목, 편의점 옆, 마야 술집 앞 할 것 없이
빼곡히 들어선 차량들로 꽉 차 있다
두어 번쯤 돌았는데
나무 밑 누군가 감쪽같이 빠져나간 자리
'역시, 나는 재수가 좋아' 랄랄랄 세우고 나오다가
나무 위에 대롱대롱 매달린 벌레집을 올려다본다
물놀이 끝난 비취볼 같이 쪼글쪼글한 집
벌레는 제 집을 나무에 걸어두고 외출했구나
자동차도 저렇게 가지에 매달아 놓고 다닐 순 없을까?
나의 아주 기발한 생각이
갑자기 탁 트인 길이 광장처럼 환해져서는
대롱거리는 차 아래서 아이들이 공을 차고
어쩌다가 키가 큰 남자는 벗어진 이마가 바퀴에 탁 부딪힐
지 모르지만
지팡이랑 할머니가 천천히 걷는 나무 밑을
막 눈곱을 뗀 까치꽃 한나절이 보이고
무꽃 위에 앉은 배추나비 겨드랑까지 환히 보인다

랄랄라 쇼핑을 끝내고 나온 사이
말끔히 사라져버린 내 자동차
누군가 착실하게 기름기를 쭉 빼서 나무에 걸어두었을까? 없다
성충이 되어 날아가 버린 걸까! 아니면 그만이다
가까이 다가가자 무표정한 보도블록이 분홍 경고장을 팔랑 내민다
귀하의 차량은 당신의 착상이 기발하였으므로
도로교통법 제32조 규정과 탁월한 아이디어에 의거 견인 조치함
견인차에 대롱거리고 있는 귀하의 차는 아직 폐차 전임
2017년 2월 28일 16시 30분 해짓골 3路
제주시장 백

별도봉은

까치 둘
묘비명 셋
조랑말 둘
흰 구름 셀 수 없음
양지꽃 개불알꽃 자주괴불
발 닿는 곳마다 꽃 웅덩이
먹구슬나무 아래
말똥구리가 굴리는
또 다른 지구별이다

예전엔 누군가는
유성처럼 몸을 던졌던…

늘보 선생의 '소나기'는 오시느라 발목이 아프다

벽에 걸린
늘보 선생의
소나기는 급히 오시느라
사투리로 오셨네
저 일회성 수직
뼈대인가 하다 보면
부드러운 속살로
속살인가 하다 보면
화선지 위를
거침없이 적시는
획의 유희

乙酉의
여름 한때
비 그친 옥상에
꽃 백일홍이
낙관처럼 붉다가
졌다

초보 일꾼

이선이는 키가 작다
이선이네 귤나무는 키가 크다
그래서 키 작은 사람은
나무에 올라가서 가위질을 해야 합니다
착각착각 착착착
까치도 일손을 거들겠다고 종일
가지에서 가위질을 하지만
자꾸 허공만 따 담습니다
한 알 한 알 다치지 않게 조심을 해도
지친 가위질은 노을을 찌르기도 하죠
귤색은 돌아갈 시간이라는 표시등이죠
모든 것이 일순간인 하루
지귀섬도 어디 물질이나 다녀왔는지
축 늘어져 누워 있습니다
해걸음이면 모두는 돌아오고
모두는 돌아가는 남조로길
'까치야 너도 수고 했어'
이선 씨 모르게

나무에 남겨 둔 까치밥 두 개가
머릿속에서 환합니다
환해서 눈감고도 집에 가는 길입니다

봄 탓

백팔 개의 적막이 산재한
절 마당 후원 뒤에
산수유나무가
제 몸통에 꽃불을 켰다
까마귀 까만 탓에
꽃가지 하나가 어두워졌다
까마귀의 무게 탓에
한 줌 꽃 떨어졌다
노란 좁쌀인 줄 안
참새가 내려가서 본 나무 아래가
말짱 黃이었을 때
다시 나의 짧은 봄 생각은
까마귀 어두운, 무거운 탓 탓
기도 핑계로 왔다가
경전에 없는 까마귀 탓이나 하는데
산수유 꽃그늘 아래
쭈뼛 쭈뼛 조그만 제비꽃
여리디 여린 탓은

또 그늘이라 해야 하나
바람의 탓 않는 낙화가
저리 눈부신 날에

층간 소음

위층에 아이들
쿵쾅 쿵쾅 뛴다
누가 들으면
내 머리통에
연애하는 심장이
달린 줄 알겠다
위층 사람
발바닥으로 뛸 때
아래층 사람
머리로 뛰어보면 어떨까
머리끝 발끝
다 한 몸이어서
화기연애 할 텐데

그래도
잊을 만하면
아래로 아래로
주렁주렁

사과봉지가

내려와서

입이 영

안 떨어진다

편지

노랑나비 한 마리가
망초꽃 위에
접혀 있다

동봉한 사랑은
빠진 곳 없는지
서두른 이별은
틀린 것 없는지
밤새 지웠다 썼다 접었다
아침에 다시 펼치면
또 어딘가 모자라 보여
끝내는 부치지 못했던
내 젊은 날 편지

| 제3부 |

초승달

바다에 와서
허리 굽은 낮달을 뵈었습니다

어머니!

자두꽃등과 가로등

옛날 우리 집
쇠마구간 뒤로
밤이면 자두나무 한그루
가로등하고 나란히 꽃 피는데요
춘삼월이라 동네 이장님
동네어른들 모시고 꽃구경 떠나
마을은 텅 비고
무논에 개구리만 와글와글
꽃등은 밤낮없이 멋대로 피어대
쓸데없이 학산 할매 콩밭과
마구간만 밝혔는데요
무릎 관절염으로 여행 못 따라 간 학산 할매
괜히 심통이 나서
저 놈의 가로등 때문에
콩 꽃 안 핀다고
열린 콩도 안 여문다고
저 가로등을 베야 한다고
죄 없이 꽃들에게 으름장만 놓다가도

키 큰 할매도
스무 살 꽃 같은 나무는 어쩌지 못해
저 눈부신 꽃등 때문에
콩꽃보다 더 잠 못 자는 할매
고장 난 팔십

갤러리 김영갑

피사체로
섬이랑 은밀한 약속을 하는 사람
그는 아예 길을 잃은 바람
그래서 순간을 놓지 않았었나

폐교 두모악에 가면
백주에도 길 잃기 쉬운
바람과 억새
능선을 일으켜 세우는 나무들
흰 감자꽃, 으깨진 도라지꽃
안개 속으로 달아나는 발이랑을
잘 붙들어 둔 사람이 있다

그래서 그때나 지금이나
피사체들은
늘 한 방향으로 눕고 피었는데
계절에서 잠시 빠졌던 그가
돌아올 생각이 없다는 것을 아는지 모르는지

렌즈 밖 두모악은 저 혼자서
찰칵찰칵 복사꽃만 터트렸다

삼복더위와 꿀참외

앞뒤로 트인 골목을
참외장수가 누빈다
—노~오란 삼복 꿀참외요
—한 봉지에 오천 원

낮잠에서 막 깨어난 안사람이
학꽁치 장수다 했다
바깥사람은 참외장수다 하고
안사람은 학꽁치다 라고
한 번 더 우겼다
똑같은 소리를 듣고
서로 다른 말을 하는
안과 밖 사이 멀리
한 봉지 한 봉지가
학꽁치 학꽁치로 멀어져가는 것은
삼복 꿀참외 탓이다

외로 누운 사람과

모로 누운 사람 사이가
어중간인 낮
한 트럭의 노란 낮잠
참
달
다

슬픔, 버찌 한줌으로 으깨지다

해질녘
벚나무 아래를 걸었지
그리움은 꼭 해 지는 날에 오더군
난 그때마다 늘 추억 쪽으로 기울지
문득 벚나무 팔을 잡고 매달리고 싶지 뭐야
버찌 한 줌 쥐어줄 것 같아서
하지만 새삼 달콤한 기억이란
잘못 손에 쥐면 톡 터지기 쉬워
손바닥에 가만 쥐었다 놓는 것
와작, 깨무는 날엔
입술에서 보라로 노을 져
눈물이 왈칵 할 거 같아
입가에 당도한 간신한 기억 으깨질 것 같아
나머지 기억은 너 오는
해질녘 위에 걸어 두고 보는 거지
더 이상 매달리지 않겠어
그러니까 그러니까
새들이 톡톡 쪼아대는 것은 노을일 뿐이고

그러므로 눈시울만 물컹한 건 바다
훗날부턴 여기가 마음 둘 곳이야
잘 익은 노을 아래 와서
추억 그거 하다 못하면
새똥 싸는 거지
오물오물 툭!
뱉어 버리는 거지

연못에 빠진 낮달

군용담요처럼
잘 개어진 사각
연못 위는 온통 피바닥이다
허공이 낙장을 해버린
달광이 아슬한 무게를 놓고
눈치를 보는 단풍나무와
찡그린 수면의 이마에는
낙엽 몇 장을 쥔
10월의 묘책이 숨어 있다
연못 속 가을
유영하는 지전들 사이 광박은
누가 뒤집어써도
참 황홀한 도박
맨 먼저 팔뚝을 내밀어
달광光을 건져내는 졸참나무의 어깨춤이
흔들어버린 연못의 모서리
접혔다 펼치는 순간
툭 툭 눈부신 단풍 하나 또 뒤집어진다

소금쟁이 뒷짐 지고 앉아보는
연못 위는 지금
go go 가을
알록달록 고스톱판이다

제주에서는 오월 밤을 조심해요

—Lee에게

오월 밤에는
창가에 마음을 함부로 두지 말랬지
귤꽃 향기는 너 같은 마음만 노리거든
저거 봐, 아홉 시 자막 뉴스에서
허애순 여사가 또 실종되었다니까
달도 봐, 한쪽이 자꾸 먹혀들어 가잖아
달의 토끼, 한 쪽 귀만 남았잖아
어쩌다가 쓸 데 있는 전화 부스에
저 여자 봐!
오랜 시간 사랑에 빠졌나 봐
뒤통수만 남았잖아
오월 밤이 위험한 건
귤꽃 향기가 배고픈 여우를 노리기 때문이야
전화 부스에서 빠져나온 여자를
빈 택시가 채간 이유도
다 귤꽃이 불러들인 거야
달은 향기를 먹고 소화불량이었는지
밤새 빛을 토했고 나는 일부러

잠자는 양을 한 마리도 부르지 않았어
향기에게 들킬까 봐

돌담 올레 20길

바람도 잘 들게
별도 잘 들게
설문대 할망 뜨개질 솜씨 맞죠?
대바늘로 짠
까만 목도리 같은 돌담 말이에요
정겹게 목에 두르고 걸어 걸어
올레 끝 닿으면
아들도 잘 들게
손지도 잘 들게
문이 없는 집
수돗가에서 상추를 씻는 노구 한 채
한때는 바다를 업고 어르던 등이
이제는 노을을 업은 등도 버거운

방게도 잘 들게
갯강구도 잘 들게
문 없는 문으로
하도리 쪽물 바당도

잘 드는 올레로

당신도 들어 볼래요?

까치집

날마다 검은 달이 뜨는 동네가 있는데
덕성사와 요가원 앞에
헝클어진 검은 달은
늙은 팽나무 가지에만 걸려 있다는 것이다
가끔은 달 집안에 까치가 깍깍 고성방가를 한다 해서
먹구름이 서정적이지 못한 바람으로 흔들어버린다거나
예불을 알리는 덕성사 범종소리가
함부로 댕댕 내쳐버릴 수도 없는 일이다
고비사막의 먼지바람이 나무를 흔들어도
달집은 빙그레 흔들리며
까치 한 마리 따뜻이 품을 뿐이다

한 번쯤은 내 갈빗대 사이에
오래 허물어지지 않는 달 하나 걸어두고
싶다면 당신이 들러줄까요?
오해는 하지 마세요
아무나가 아니니까

〉

저녁밥을 마친 까치가
깍깍거려도
사람들이 어쩌지 못한 이유는
달은 고집스럽게 떠 있을 테고
허공의 까치는
까치발로도 닿지 않으니까

석굴암

계절이 한 발 늦는 곳
까마귀
꽃 경전 읽느라
목 쉰 줄 모르는
천길 암벽 끝에 암자
내 너를 위한 마음
천 번을 더 피었다 지는 곳
진달래 꽃모가지
댕강댕강 종소리로 번지고
출구도 없는 첩첩산중 봄은
도대체 어디서 누가
화엄을 열고 닫는가
아무리 둘러봐도
판잣집 백구밖에 없다

34도

봐라
한라산도
녹아 흘러
능선이 생겼어
뜰에 돌맹이
모락모락 익어 가
쨰깍쨰깍
배롱나무에 까치가
시계를 거꾸로 돌리네
약에 쓸려면 안 보이는 개똥 같은 바람은
어디 가서 불러오나 뜨거운 3시
은행나무를 흔들어 깨워볼까
수박의 둥근 생각이 그립다

수박의 둥근 생각

내 붉은 생각을 들여다 볼 수 없으니
세모 난 창을 내거나
머리통을 쥐어박히는 이력을 지닌 나는
수박의 둥근 생각입니다

잘 여문 나를 위해서는
쥐어박지 말고 똑똑 노크해 주세요
또르르 말린 꼭지를 자르고
지구 한 바퀴 뒹굴어 달아오른 내 몸은
냉장고에서 잘 식혀준 후라야
밑줄 친 내 생각을 맛있게 읽을 수 있답니다

쩍! 칼끝만 대도
분간 없이 열려버리기도 하지만
잘 여문 생각 속에 박힌 생각들은
훗 뱉어주면 다시 태어날 수 있어요
한 번 해 봐요
사각거리는 내 살결은

그대 손안에서 초승달로 사위어
그대에게 해갈 당하고 싶은
둥근 생각이니까요

그래도 쉽진 않을 거예요
수박은 결대로 쪼개지기 직전
23.5도쯤 기울어질 테니까요

도련동

가는 길은
사람이 다니는 길보다
꽃들이 다니는 길이 더 넓다
도련동 꽃들은
사람이 와도 좀처럼 길을 비키지 않는다
그래서 이 마을은 사람보다
꽃들의 웃음소리가 더 쎄다

돌아오는 길은
보석보다 더 반짝이는 별들이
이 마을 사람의 수보다 갑절 더 많아
하나둘 세어 가 버려도
표가 잘 안 난다

우리 동네보다 더 고요해서
새들도 발끝을 들고 다니는 도련동
꽃들의 눈치는 보이지만
몸과 마음이 찌뿌둥하면

나는 그곳에 간다
별을 세러

아직도 빈 집엔

아직도 섬이 낯설고
바다 그 너머가 그리워
저물녘이면
바다로 간 여자 있다
아직 그곳에는
종일 해무가 끼는 마을이 있고
매번 등을 보이는 바람이 있다
바람에는 자꾸만 엉키는 가지들이 있고
헛배 부른 검은 비닐봉지가 걸려 있다
아직 그곳에는
파꽃 피는 마당이 있고
집 나간 엄마를
기다리며 깜깜한 골방에서
오래 훌쩍이던 아이가 있다
아이는 늘 궁금했다
봄 오면 캄캄한 마음에도 풀빛이 돌까?
빈 가지마다 연둣빛 바람이 봉지째 걸리고
그 바람결에 늦도록

긴 골목에 귀를 걸어 두면 엄마의 세월이 묻어 올까
가슴 한쪽이 옹이 진 엄마가
어떤 바람도 없는 은행나무로 서 있을까?
아직도 빈 집엔?

벼랑에 핀 꽃

꽃
들
도
오
늘
은
왼
쪽
가
슴
이
아
프
구
나

허물

허물이 없는 삶이 어디 있겠어요

눈곱만큼 이라도 벗기 위해
다들 이마를 마룻바닥에 찍는 거죠
암자로 오르는 돌계단에
뱀의 허물이 걸려 있었죠
망사스타킹이나 다름없어 하면서
줄행랑을 쳤죠 핑계일 텐데
사실은 뱀에게 내 허물을 들킬까
무섭고 싫었던 것일지도 모르죠

나는 살면서 몇 벌의 허물을 벗어낼까?
아니 얼마나 더 껴입을까?

누군가는 '독은 품은 자의 것'이라고 했지만
독도 잘 품어 벗어두니까
성자의 옷 한 벌이네요

찰칵은, 하나 둘 셋 정적 뒤에 와르르 허물어지는 풍경이다

먼지를 털다가
벽에 걸린 사진을 들여다보니
어머니 칠순이었다
삐딱한 둘째의 고개는 여전히 삐딱하고
장남의 키가 5센티나 커져 있다
막내의 단발머리는 귓등에서 가지런하고
사진 밖에서도 잘 웃던 큰딸은
사진 안에서도 웃음이 제일 크다
'자 웃으셔유!'
느린 충청도 사투리가 웃는 표정을 권했지만
말 안 듣고 무려 절반이나 무표정이다
무표정은 가문의 전통이고
고집은 족보에 내력인 걸 누가 허무랴
사진관에 에어컨이 고장이 나서
땀을 뻘뻘 흘리면서도
근엄한 어머니를 중심으로
사각 틀 밖으로 이탈한 사람 없이
잘 나왔다

우도牛島

멀리 섬
너머
또 섬
커다란 어미 소 한 마리 누워
일만의 물애기들에게
젖을 물리는

맥주병 뚜껑으로 민들레 상처를 듣다

언젠가 가슴을 뻥 뚫고 싶을 때
바다로 난 길은
일몰 쪽이 조금 낭만적이어서
비가 오는 날에 갔지
비를 피해 빗방울도
정자에 놓인 벤치로 뛰어 올랐어
슬픔에도 다 제자리가 있는 거야
단호하게 빗방울을 손수건으로 지워버리고 앉았지
방파제 공사 중인 포클레인은
익사한 저 빗방울들 언제 다 건져 올릴까
나는 물결을 사이에 두고 별도봉과 마주 앉아
맥주 한 병 마시자는 건데 그만
한 시대가 생략해버린 잃어버린 마을의
민들레랑 마주쳤어
병뚜껑 모양으로 뺑뺑 피는 건 지루하다고
다음 생엔 네모나 세모로 바꿔 피고 싶다고
고개를 툭툭 떨궜지
물새 주둥이는 깃털 속에 묻혀 있고

나의 눈물을 하얗게 발설할
달의 혓바닥이 없어 다행인 날
슬픔이라는 이름들을 위해
바다는 푸른 붕대를 쉼 없이 감아올리지만
상처를 감싸기엔 아직 몇 롤의 바다가
더 필요할지 모른다

작문시간

연못은
행간을 지운
열 길 원고지다

여백을 썼다가 지우고
썼다가 구겨버리는
굴참나무와 잠자리
소금쟁이 잉어와 달과
그 외 바람이 써 내는
몇 편의 가을을
굴참나무에 앉은
까마귀 선생이 읽고 있다
가 가 可 可

| 제4부 |

권의 씨의 설거지

휴일에도 아내는 알바생
아내가 없는 부엌의 표정이 어둡다
담배불을 붙이다 아내 생각에
생전 처음 해보는 설거지
식기들도 놀라 딸그락
옛날 바다가 마당인 권의 씨 아버지
수심 깊이 작살을 꽂아대던
물껍질 같은 손을 닮은 그 손에
식기들이 미끌 빠져나가는 이유는
식기들의 낯선 생각 때문
그래도 이빨 하나 안 나가고
아빠 그릇이 아들 그릇을 업는다 딸각
딸내미 그릇에 엄마 그릇이 업힌다 딸각
서로 업어주고 업히는 따뜻한 휴일
아내를 기다리는 소파에는
아들과 권의 씨와 어린 딸이
서로의 다리를 포갠다
딸그락!

달콤한 잠

주원약국 앞에는 할머니가
할머니 앞에는
달래랑 냉이가 봉지 봉지
앉아 있습니다
가끔씩 갈퀴손이
달달한 햇살과
바람을 섞어 주면
봉다리 속도 땅속인 양
졸던 것들이 파롱파롱 일어납니다
그리운 것에서 나는 파릇한 냄새
그래서 할머니는 풋것들을 핑계로 나와
떨이의 시간보다는
사람이 그리운 길목을 눌러 앉으신 겁니다
약국 모퉁이를 흐르는 오후 햇살을
한 입 털어 넣은 할머니의
고장 난 고개가 꾸벅꾸벅
냉이랑 달래도 꼬박꼬박
시간을 붙잡고 싶은 할머니의 시계를

바라다 보던 신호등이 얼른
빨간색 모드로 바꾸어 드립니다
차들도 일제히 멈추고 선
사거리 오후입니다

메리야 돌아와

녀석을 찾는데 중요한 단서일 거란
나의 궁리는 처음 이 집 마당이 말랑말랑한
콘크리트였을 때 찍어 놓은 발자국에서부터다
고대의 상형문자를 꼼꼼히 살핀다
금이 간 판넬이 너덜거리는 개집 뒤로는
목련이 하얗게 질려 서 있고
삶의 반경이었던 목줄에는 달빛이 인질로 묶여 있다
그도 다음 생으로 넘고 싶었던 것일까
담 쪽으로 찍힌 선명한 족적이 결정적 단서였지만
목련이 입술을 터트리기 전이었고
길을 내준 보도블록은
촘촘히 입을 다물어버렸기에
담 밖으론 어떤 위증도 발견할 수 없었다
가지마다 꽃잎으로 위장된
봄의 배후에서 툭툭!
꽃점을 치는 밤
머리말 어떤 서첩에도
잠을 끌어냈다는 기록은 허위일 뿐

밤길은 눈 감고도 익숙한 달이
목줄을 풀고 사건 밖으로 내빼는 걸
불면가들은 왜 눈감아주었을까!
끝내 어떤 것도 밝히지 못한 사건의 미결 속에
미처 빠져나가지 못한 달의 꼬리뼈만
새벽의 문틀에 끼어 있었다

미스 김 라일락

우리 집 베란다에 라일락
성은 김이고 아직 미스다*
깜박하고 물을 안 주었더니 이파리가 축 늘어졌다
며칠째 베란다에서 미세스 리 미세스 리
나를 불렀을 터
미안해서 물을 주면 체면치레도 없이
벌컥 들이키고 다시 싱그러워지는
시시때때 물만 잘 주면 잘 웃는
우리 집 베란다 올드미스
사흘이 멀다고 늘어지는 것은
노처녀 히스테리 같기도 하지만
향기만큼은 시집가고 싶어 안달 난
방년 스무 살이다
오늘은 변덕스러운 미스김에게
잊지 않고 물을 주며 말을 걸었다
가시내, 시집가고 싶구나? 했더니
보랏빛 환호작약이다

*미스 김 라일락 ; 식물채집가 미국인이 한국에 근무하면서 수수꽃다리 종자를 채집하여 미국에서 개량하고 그 당시 사무실 직원 미스 김을 따서 명명한 라일락.

흐린 무화과

—나무 일기

꽃이 안으로 피는 나무가 있다
암호로 가득한 생각 주머니
세상의 말만이 말이 아니라고
부호로만 채워버린 말 주머니가
겨드랑이마다 암호처럼 붙어 있다
말로 긁힌 상처는 가장 견고한 기억
나무는 말을 잃어버리고 옹알이 이전의 기호로
가득하다
말문이 막혀 버리면
말은 어디로 가야 하나?
!!!!!!,,,,,,,,.......
돌아서 가는 발자국 같기도 하고
아픈 가슴을 닫아 올린 지퍼 같기도 하는…
또 다른 가지는 겨드랑이 쪽이 설어서 아프다
혀끝이 너무 달아서 슬프다
나는 터질 듯한 속엣말을 도려내듯 베어 먹었다
베어 먹은 생각에는
어제의 너의 아픈 말이 !!!!!!처럼 걸려 있고

행간 없이 내리는 빗방울에
나무는 골똘하고 꺾인 자리만 하얗게 운다
가슴이 퉁퉁 부어도 성실한 계절은
아프게 찍힌 부호를 익혀가며
한 계절 잘 여물면 꽃은 밖으로 피는 일쯤이야
관둬버리기로 한다
오늘은 말문이 닫히고 느낌표만 남는 날이다

법당 부처

초파일
야단법석 위로
오색 연등이
흥부네 아이처럼
대롱대롱
일 년에 딱 한 번
저마다 다른 소원을
가지고 와서
물애기처럼 매달렸네

그래도 싫은 내색 않고
법당에 들어가서 종일
소원들을 다 읽어 내느라
종일 도량 한 번
나와 보지 못하신다

어머니

다 자라서
천 근이 넘는 바윗덩이를
굴러갈까 걱정하는지
칭칭 감고 놓지 않는
바위수국
물살도 그 마음 아는지
휘돌아 간다

아내 손

영철이 엄마가
쌍계사 앞 기념품점에서
남편 선물이라고
'효자손'이라고 써진
오천 원짜리 등긁개를 샀습니다
대저 옛날에는
아비의 등 긁어주는 효자가 많아
효자손이라 이름 했겠지만
지금은 그런 아들이 있기나 하나
'아내손'이라 해야 맞는 등긁개

허구한 날 가랑잎 같은
마누라 손이나 빌려다
위, 아래 좀 더 더
옆으로 좀 더 더
아프다 좀 살살해라
됐다마 자기가 해라
티격태격 했었으리

〉

오늘부터
영철이 아빠 잔등은
아내가 사 온 아내 손이
시원하게 긁어 내려가리
잔소리 없는 아내 손
거짓말 같은 나무 손

혜우惠雨

집 한 채 지어 올릴 듯
세워 올리던
단단한 철근 더미
처서 지나도
폭염주의보 해제되지 않은
불볕에 여지없이 녹아 흐른다
흐른다 흘러
지상의 팍팍한 밑창으로 고여
등 뒤로 누군가 와락 젖어오는 깊이로
열광과 환희로 내리치는 비
머묾을 알 수 없는 흐름으로
천천히도 옳은 거구나
추녀 끝 시들해진 망초꽃대를
일으켜 세우고
더 조금 낮아져 실오라기로
연못의 수면까지
혀를 대는
아슬한 락落

함박눈

시청 앞에서
자비 나눔 사랑 플래카드를
바람에 세워놓은
구세군 자선남비에
천 원짜리 당당히 넣고 돌아서는데
하느님은 당신의 온몸을
펄펄 털어 넣으신다

신홍리

바닷가
외딴집, 우체통 아래
봉선화

내게서 너는
어쩜 기다림이거나
꽃말 같은 슬픔이라면
콩 콩 찧어 으깨줄까?

꽃말이
너에 관한 싱거운 농담이라면
짠 바다 한 줌 넣어
콩 콩 찧으면
실없어 보일까?

아주까리 잎
무명실 없이도
나

너에게 물들 수 있을까?

달보름 지나서
손톱 끝으로 사라져 가는
초승달 꽃이라면
사시사철 빈 우체통아
너나 빨갛게 물들어라

하지

빗줄기가 굵어지고
감자알이
굵어지는 시간이다
제밤나무 길
키가 큰 남학생의 팔에
잘록한 여학생 허리가
메꽃처럼 감겨서 간다
생의 저편에서 풍겨오는
비릿한 감자꽃 향기
아무런 거리낌 없이
또 한 세대가
굵어져 가고 있다

그 뒤를 빗방울이 종알종알 따라간다

할머니와 쌀밥

나는 할머니 얼굴을 모른다
제삿날은 빨간 한복을 입고 오신다는
아버지의 서늘한 농담에
나는 사뭇 진지해져 그토록 먹고 싶은 쌀밥과
밀양박씨 할머니를 보기 위해
자시子時를 기다리다 그만 잠이 들곤 하여
아직도 할머니 얼굴을 모른다
쌀밥을 먹을 때 나는 가끔 할머니가 생각난다
이후로도 쌀밥은 가마솥 옆구리에
한주먹으로 익어 아버지의 진지가 되었고
다 자랄 때까지 우리는 쌀 몇 톨 섞인
꽁보리밥을 먹었던 얘기 하며 성묘 가는데
이틀 전 폭설로 발이 푹푹 빠지며 산소 앞에 당도하니
우리들 하는 얘기 다 들으신 듯
할머니는 흰쌀 밥솥단지 봉긋이 이고
기억에도 없는 나를 기다리셨다
아, 할머니는 머리도 봉긋
가슴도 봉긋, 무르팍도 봉긋 하셨구나

재수에 봄 붙은 날

하천리
계자 씨 형님댁
감귤창고 뒤에 비 개고
감나무 아래서
금이 간 항아리가
오줌을 누는데 감잎이
엉덩이를 슬쩍 만진다
담장에서 막 고개 든
장미 두 송이 얼굴이 빨개지고
담 트멍으로 개민들레가 배꼽을 잡는다
아무렴 어때?
봄은 다 그래
부끄러울 것 없는 창고 뒤
나와 계자 씨
하귤과 감나무 사이
상추 몇 잎 뜯고 나오다
올래를 지키던 옆집
백구에게 그만 들켜버려

뒤도 안 보고 나오는데
개민들레 개망초 개살구가
멍멍멍 올래 끝까지 쫓아 나왔다
둥그레 당실!
오늘은 재수에 봄 붙은 날

동심원

뱅뱅
연못 밖에는
고추잠자리가

배앵뱅
연못 안에는
잉어랑 소금쟁이가

연못의 네 귀퉁이를
동그랗게
지운다지운다지운
다지우겠다

연못 위에 반달은
아직 반 밖에 못 돌았다고
속이 상해서
구름 속으로
풍덩

〉

파문의 끝에서부터

우주는 둥글둥글

풍경風磬

서까래가
낚아 올렸다
당강 당강
양철 물고기
물을 나온 지 천 년
눈도 버린 지도 천 년
佛眼으로 보면
허공도 연못인가!
살도 빼고
업의 물기도 꼭 짜서
그저 부는 바람에
몸 맡겨두고
당강 당강
저리도 좋단다

정물

—해에게

해바라기도 고생대엔
네모였을지 몰라
해를 따라 돌면서
각을 버렸겠지
오래 봐서 서로가 닮아버린 거야
꽃판을 들여다보면
사랑으로 빼곡한 시간들
적어도 몰입은 하나에 미치는 것
레몬 옐로우에 물들어 가는 것
아직은 액자에 들어가기 전
얼굴이 잊혀지려거든
고개 떨군 예수의 얼굴을 기억해
귀 없는 고흐가 와서
액자에 가두기 전에
열린 창가로 빨리 와 달라는데
그림자가 늦다
늦으면
꽃은 화병 속에 목 매달 거라는데?

수선화

사라봉 바람
별도봉 바람
히힝히잉
말꼬리 잡고 다투는
바다로 가다
눈 맞아 버렸다, 그 여자
별도봉에서 미치고
사라봉에 와서 웃는 여자
히죽히죽 바람에 뺨 맞고
흔들려도 고개 들지 않았다
죽어서 바다와 등 돌린 묘비석에
꽃잔 들어 올리며
꿇어앉은 알뿌리가 굵다
미쳐야 향기로운
오일장 할망장에 쌓인
봉두난발 풀마농 같은 여자

별들의 야영장

누가 그을린 냄비에
저리 구멍을 뚫어 놓았노

야밤에
라면 끓이긴 틀렸다

|해설|

생태 디자인의 생각 주머니, 그 몽상의 시학

—이이현의 시세계

양영길 | 문학평론가

나의 작품에서 완전한 자유란
시간과 공간을 넘어서는 것이다.
—이왈종 화백

1.

'괄호 안이 편하다'는 시인. 그는 '몽상夢想'이라는 휴가를 얻어 '몽유夢遊'라는 산책을 나선다. "둥근 하루의 서쪽에 있"(「2월 21일」)다는 시인이 "사는 일이/맞지 않는 옷처럼 답답할 때"(「자벌레 선생과」) "암호로 가득한 생각 주머니"(「흐린 무화과」)를 은근히 열어 본다. '아주 수줍은 생각'에서부터 '둥근 생각', '낯선 생각', '기발한 생각'을 비롯하여 '여문 생각', '붉은 생각', '봄 생각', '물새의 생각', '물결의 생각' 등 '서랍 속의 비밀'을 꺼내면 시어들은 생태적 날개를 달고 시인과 몽유의 디자인을 함께 한다. '요정의 정원'이거나 '뮤즈의 정원'에 시적 디자인으로 이미지를 펼쳐 놓고 자유분방한 몽상을 마음껏 누리고 있다.

몽유의 길에는 "봄별이/간신히 떠받들고 있"는 "백년의 시간에 도착한/폐가 한 채"가 해탈하고 열반에 들어座脫立亡 "망초꽃으로 환생"(「봄날은 간다」)하기도 하고, 범종이 "새벽 네 시에 엎드려/하루도 빠지지 않고/악업 중생의 매를/대신 맞"(「아름다운 소문」)아 주기도 한다.

이이현 시인의 시적 몽상을 조형하는 상상력은 문향관음聞香觀音적인 에너지로 충만하다. 그래서 시인은 시적 대상에게 말을 걸고 스스로 능동화하게 하고, 시인은 은근슬쩍 한걸음 물러서서 이들의 이야기를 눈으로 듣고 그들의 향기는 귀로 읽는다. 대상이 객체가 아닌 주체가 되게 하는 통상적 질서와 관념을 초월하는 시인만의 어법으로 우리 주변의 소소한 일들에게 말을 걸고 있다.

2.

시인의 몽상적 날개가 노을 색채로 물들면 저녁 하늘의 세계는 몽상적 날개가 된다. 이러한 날개의 비상은 항상 우리들의 머리 위에서 이루어지지만 순진무구한 유년의 풍경과 만나면 몽상의 날개를 파닥이며 상투적인 벽을 넘고 너머 자유를 만나 '눈이 맞아' 버리기도 하고 '빰을 맞고 히죽히죽 웃기'(「수선화」)도 한다.

조천에 가면
꼬막지붕마을
골목을 비집고 들어앉은
시인의 카페가 있어요
드르륵 바람을 열고 들어가면
벽에는 천 권의 파도가 꽂혀 있고
통창으로는 바다가 먼저 들어와 앉아
날마다 시를 써요 아니 지워요
나는 한 권의 파도를 뽑아 읽어요
손가락에 입술을 묻혀가면서,
시 잘 쓰는 법을 고개 들어 바다에게 물으며
까치발을 한 모카콩고 향이 천장에 가 닿는
정겨운 꼬막집 카페에 앉아 있죠
목숨을 걸 각오로 시를 써 봐요
일침을 놓아주는 시인의 카페에서
나는 왜 일몰처럼 붉어지는 걸까요

—「시인의 집」 전문

이 시인이 다니는 '시인의 카페'에는 출입문이 없다. '바람'이 대신한다. 시인의 카페에는 시집도 없다. 대신 '파도'가 책꽂이에 꽂혀 있다. 시인의 카페에는 시인도 없다. '바다'가 의자를 차지하고 있다.

"드르륵 바람을 열고 들어가면/벽에는 천 권의 파도가 꽂혀 있고/통창으로는 바다가 먼저 들어와 앉"는다.

그래서 시詩에 대한 고민도 "바다에게 물"으면, "목숨을 걸 각오"로 써 보라고 "일침을 놓"는다. "바람이 써 내는/몇 편의 가을을" "지나가던 반달이 이리저리 맞춰" 볼 때면 '까치가 착착 차칵 가위질'(「초보 일꾼」)로 디자인 하려 들고, "까마귀 선생"은 다 좋다고 "가 가 可 可"(「작문시간」) 참견을 한다. "갠시리 얼굴이 빨개"(「아주 수줍은 생각」)진 걸 눈치 채고 저녁노을이 톡을 한다. "외로움도 익히고 익어야/고독도 말랑말랑해"진다며, "심심하면 문자"로 "어둠의 두께나" "별의 안부"(「홀로 서는 별」)를 물어보라고 톡을 한다.

가는 길은
사람이 다니는 길보다
꽃들이 다니는 길이 더 넓다
도련동 꽃들은
사람이 와도 좀처럼 길을 비키지 않는다
그래서 이 마을은 사람보다
꽃들의 웃음소리가 더 세다

돌아오는 길은
보석보다 더 반짝이는 별들이
이 마을 사람의 수 보다 갑절 더 많아
하나 둘 세어 가 버려도

표가 잘 안 난다

우리 동네 보다 더 고요해서
새들도 발끝을 들고 다니는 도련동
꽃들의 눈치는 보이지만
몸과 마음이 찌뿌둥하면
나는 그곳에 간다
별을 세러

—「도련동 숯가마 방」 전문

시인의 동네는 "사람이 다니는 길보다/꽃들이 다니는 길이 더 넓"고 "꽃들은/사람이 와도 좀처럼 길을 비키지 않"는다. 그리고 "이 마을은 사람보다/꽃들의 웃음소리가 더 쎄"다. 이 동네는 너무 "고요해서/새들도 발끝을 들고 다니"지만, "단풍이/뜰에 도착했다고/뚜르르뚜르르뚜르르뚜르르/귀뚜라미한테"(「시간은 뜻밖에-」) 전화가 오면 시인은 가끔 시끄럽게 사는 마을이 궁금해진다.

"끼룩끼룩탈탈탈찹찹찹웅웅맹꽁맹꽁악당악당" "수많은 물벌레 풀벌레 떼창을/귀에 달고" 사는 마을로 간다. 그곳은 "아침 해가 뚜껑을 여는 곳/커다란 물 항아리 등에 지"(「오조리 사랑」)고 사는 마을이었다. 그런 날은 "개민들레 개망초 개살구가/멍멍멍 올래 끝까지 쫓아"오기도 했다. "재수에 봄 붙은 날"(「재수에 봄-」)이었다. '옴'이 아니고 '봄' 붙은 날이었다.

언젠가 가슴을 뻥 뚫고 싶을 때
바다로 난 길은
일몰 쪽이 조금 낭만적이어서
비가 오는 날에 갔지
비를 피해 빗방울도
정자에 놓인 벤치로 뛰어 올랐어
슬픔에도 다 제자리가 있는 거야
단호하게 빗방울을 손수건으로 지워버리고 앉았지
방파제 공사 중인 포클레인은
익사한 저 빗방울들 언제 다 건져 올릴까
나는 물결을 사이에 두고 별도봉과 마주 앉아
맥주 한 병 마시자는 건데 그만
한 시대가 생략해버린 잃어버린 마을의
민들레랑 마주쳤어
병뚜껑 모양으로 뺑뺑 피는 건 지루하다고
다음 생엔 네모나 세모로 바꿔 피고 싶다고
고개를 툭툭 떨궜지
물새 주둥이는 깃털 속에 묻혀 있고
나의 눈물을 하얗게 발설할
달의 혓바닥이 없어 다행인 날
슬픔이라는 이름들을 위해
바다는 푸른 붕대를 쉼 없이 감아올리지만
상처를 감싸기엔 아직 몇 롤의 바다가

더 필요할지 모른다

—「맥주병 뚜껑으로 민들레 상처를 듣다」 전문

시인은 "직선으로만 내달린" "망가진 길"이 보일 때쯤 "성급하고 찌그러진 나를 잠시 앉혀" 놓고 "자벌레 선생이 한 자 두 자 지어 준"(「자벌레 선생과」) 옷을 입고 길을 나선다. "가슴을 뻥 뚫고 싶을 때"였다. "빗방울도/정자에 놓인 벤치로 뛰어" 오르며 함께 해 주었다.

"슬픔에도 다 제자리가 있"을 거라고 "바다로 난 길"을 찾았다. "물결을 사이에 두고 별도봉과 마주 앉아/맥주 한 병 마시"면서 "익사한 저 빗방울들 언제 다 건져 올릴까" 공사 중인 포클레인을 걱정하기도 한다.

"잃어버린 마을의/민들레랑 마주"하고는 "병뚜껑 모양으로 뺑뺑 피는 건 지루하다고/다음 생엔 네모나 세모로 바꿔 피고 싶"지 않느냐고 말을 걸거나, 그러면 어떻겠냐고 말을 붙여보면서 생태적 디자인에 시비를 걸기도 한다.

3.

이이현 시인에게 디자인적인 몽상은 심리적 세계의 원천이 되고 있다. 시적 몽상의 세계에 귀 기울이면 그 시적 이미지들의 모든 의미는 기존의 옷을 벗어 던지고 새로이 깨어나 조화의 퍼즐을 맞추기 위해 관념의 Zero 지대를 기웃거린다. 인습의 거울, 통상적 틀의 직장으로부터 휴가를 받고 해방감을 맘껏 누리고 있다.

꽃이 안으로 피는 나무가 있다
암호로 가득한 생각주머니
세상의 말만이 말이 아니라고
부호로만 채워버린 말 주머니가
겨드랑이마다 암호처럼 붙어 있다
말로 긁힌 상처는 가장 견고한 기억
나무는 말을 잃어버리고 옹알이 이전의 기호로
가득하다
말문이 막혀 버리면
말은 어디로 가야하나?
!!!!!!,,,,,,,,,,,,
돌아서 가는 발자국 같기도 하고
아픈 가슴을 닫아 올린 지퍼 같기도 하는...
또 다른 가지는 겨드랑이쪽이 설어서 아프다
혀끝이 너무 달아서 슬프다
나는 터질 듯한 속엣말을 도려내듯 베어 먹었다
베어 먹은 생각에는
어제의 너의 아픈 말이 !!!!!!처럼 걸려 있고
행간 없이 내리는 빗방울에
나무는 골똘하고 꺾인 자리만 하얗게 운다
가슴이 퉁퉁 부어도 성실한 계절은
아프게 찍힌 부호를 익혀가며

한 계절 잘 여물면 꽃은 밖으로 피는 일쯤이야
관둬버리기로 한다
오늘은 말문이 닫히고 느낌표만 남는 날이다

—「흐린 무화과」 전문

"우리라는 둘이 서툴 때/나는 나랑/바다"에 가서 술잔을 기울(「혼자서 술을-」)이거나 "오른쪽으로 삐딱해지는 사람"과 술잔을 나눈다. "거짓 없는 술을 마시고" "술잔의 눈금이 오르"고 '고래고래 외치면' '야심한 밤도 십오도 기울어지'고(「오른쪽이 옳은'-」), 말문은 그만 막혀 버린다. "말문이 막혀 버리면/말은 어디로 가야 하나?" 걱정이다. "말로 긁힌 상처" "어제의 너의 아픈 말이 !!!!!!처럼 걸려 있고/행간 없이 내리는 빗방울에" "가슴이 퉁퉁 부어" "터질 듯한 속엣말을 도려내"는 "혀끝이 너무 달아서 슬프"다.

"돌아서 가는 발자국 같기도 하고/아픈 가슴을 닫아 올린 지퍼 같기도" 한 "오늘은 말문이 닫히고 느낌표만 남"았다.

밤이면 몽유병자처럼 쏘다니는
귤꽃 향기 때문이라고 해두자
밤새 기침을 하다 잠이 들었을까
길을 잘못 들어
중산간 무꽃 피는 마을이었다
둥근달이 내 아픈 기침에다
노란 금속성 청진기를 들이댔다

툴툴거리며 헛도는 내 심장을
꼼꼼히 체크하고 갔다
바람이 서쪽 방풍림에 삐딱하게 걸리는 순간이었던가
심장은 가끔 제 사랑을 들켜버리고 싶어서
더 크게 두근거리는 거라고 해두자
무꽃 하늘거리는 침대에 나는 누워 있고
벌들이 윙윙 꽃들의 배꼽에 침을 놓고 있었다
아! 꽃도 아프구나
너무 아파, 아파서 꽃이 된 슬픔들
자지러들면서 하늘이 빼꿈 열렸다 닫힌
그 날이었을 거다
나는 다시 꽃향기 때문에 둥실 깨어나서
물 한모금과 달빛이 처방한 별사탕 몇 개를 복용했다
그리고 다시 누웠다 깨어난 날
무꽃, 몽유처럼 희죽거리는 중산간 마을이었다고
끝까지 우기기로 한다

—「몽유夢遊」 전문

"내숭 떨 나이" 적 "일상의 쓴맛 단맛들을 다셔" 보고 '낯가죽이 두꺼워질 쯤'(「오래된 독백」), 둥근달이 "노란 금속성 청진기를 들이댔다/툴툴거리며 헛도는 내 심장을/꼼꼼히 체크"하고 갔다. "바람이 서쪽 방풍림에 삐딱하게 걸리는 순간이었던가/심장은 가끔 제 사랑을 들켜버리고 싶어서/더 크게 두근"거렸다.

몽상의 뜰에 핀 꽃들도 아프면 '침대에 누워' 침을 맞는다. 벌들은 꽃들을 진단하고 배꼽 께에 벌침을 놓는다. "너무 아파, 아파서 꽃이 된 슬픔"이 "자지러들면서 하늘이 빼꿈 열렸다 닫힌/그 날" "꽃향기 때문에 둥실 깨어나서/물 한 모금과 달빛이 처방한 별사탕 몇 개를 복용"했다. 시인은 "몽유처럼 희죽거리"며 상투성과 인습을 향해 '그게 아니라고' "끝까지 우기기로" 한다.

아직도 섬이 낯설고
바다 그 너머가 그리워
저물녘이면
바다로 간 여자 있다
아직 그곳에는
종일 해무가 끼는 마을이 있고
매번 등을 보이는 바람이 있다
바람에는 자꾸만 엉키는 가지들이 있고
헛배 부른 검은 비닐봉지가 걸려 있다
아직 그곳에는
파꽃 피는 마당이 있고
집 나간 엄마를
기다리며 깜깜한 골방에서
오래 훌쩍이던 아이가 있다
아이는 늘 궁금했다
봄 오면 캄캄한 마음에도 풀빛이 돌까?

빈 가지마다 연둣빛 바람이 봉지째 걸리고
그 바람결에 늦도록
긴 골목에 귀를 걸어 두면 엄마의 세월이 묻어올까
가슴 한쪽이 옹이 진 엄마가
어떤 바람도 없는 은행나무로 서 있을까?
아직도 빈 집엔?

—「아직도 빈집엔」 전문

"엄마를/기다리며 깜깜한 골방에서/오래 훌쩍이던 아이"는 늘 궁금했다. "봄 오면 캄캄한 마음에도 풀빛"이 돌까? "저물녘이면/바다로 간 여자"는 "아직도 섬이 낯설고/바다 그 너머가" 그립다. 아직도 그곳은 "종일 해무가 끼"고 '마당에는 파꽃이 피'었다. "매번 등을 보이던 바람"은 '연둣빛을 만나 빈 가지마다 봉지째 걸린'다.

그 때 그 아이는 "하늘로 줄행랑"치는 "뽀로로 풍선"보다 더 넓은 우주를 만진다. "아이야 너의 손은/까짓 풍선이 아닌/커다란 우주를 만지고 있단다"(「개구쟁이-」)라고 중얼거린다. 중얼거려보면 비로소 보이는 것들이었다.

제주의 밭담 돌담도 중얼거리다 보니 비로소 보였다. 제주 밭담길은 설문대 할망이 대바늘로 뜨개질한 까만 목도리였다. 목에 두르고 올레길을 걸었다. "한때는 바다를 업고 어르던 등이/이제는 노을을 업"(「돌담 올레 20」)고 가야 했다.

4.

"고백은 익혀야 맛인 줄 알"았는데 "익을수록 싱거워"(「오래된 독백」)졌다는 이이현 시인. '고백'이나 '생각'까지도 맛으로 디자인해 버리는 시인의 시화력詩化力, 그 근원적 깊이는 어디에서 오는 걸까. 범신론적 우주법칙까지 닿아 있는 생태적 시원時原에서부터 시작되는 듯하다. 언어가 품고 있는 의미의 가장 밑바닥까지 내려가서 이미지들의 원초적 질감을 찾아내고 있다. 의미의 틀에 갇혀 있던 이미지들은 이 시인의 손이 닿자, 날개를 달고 자유롭게 날아다니고 있다. '말랑말랑한 궁리'나 '고독' 사이에서 몽상에 몸을 맡기고 자유로이 꿈꾸고 있다. 그럴 때면 '바람은 히잉히잉 말꼬리'를 잡고 태초의 의미를 찾아 달라고 아우성을 쳤고, '빗방울은 종알종알' 따라다녔다.

시적 몽상은 시간에 얽매이지 않는다. 밤과 낮의 우주적 질서를 깨고, '위 아래', '앞과 뒤', '크고 작음', '둥긂'과 '각짐' 등의 관념적 상투적 인식으로부터 풀려나야 비로소 몽상의 호수에서 수영을 체험할 수 있다. 몽상의 깊이에서 자기의 넋을 새로이 발견할 정도에 이르면 누군가 한심한 몽상이라고 해도 그냥 좋기만 하다.

발문을 쓰다말고 시인에게 전화를 했다. '무지개' 하면 떠오는 것이 뭐냐는 생뚱맞은 질문을 던졌다. 온 마을이 산과 구름과 줄넘기를 하고 있다는 대답이었다. 그런 추억으로

밤하늘의 별밭을 디자인하는 시인.

누가 그을린 냄비에
저리 구멍을 뚫어 놓았노

야밤에
라면 끓이긴 틀렸다

—「별들의 야영장」 전문

시인은 어린 시절 잔구멍이 숭숭 뚫린 냄비를 머리에 쓰듯 쳐다보던 추억을 '별들의 야영장'에서 소환하기도 했다.

이 시인의 시를 읽다보면, 말을 꿈꾸면서 말하기를 꿈꾸는 '말의 해방감'을 느끼게 된다. 내가 시를 읽는지 아니면 나의 꿈속에 어떤 누군가가 찾아와 꿈을 꾸는지, '꿈의 방문'을 경험하기도 한다. 이럴 때 시적 몽상은 존재의 휴식과 안존을 즐기게 해 준다.

시적 이미지의 세계를 생태적 디자인 영역으로 넓히면서 범신론적 우주법칙의 시적 상상력으로 일상에서의 '허물을 벗어버리듯'(「허물」) 내려놓고 몽상, 몽유의 정원을 가꾸고 있다.